AF370258

VENTE du 28 Avril 1896

HOTEL DROUOT, SALLE N° 7

A 3 heures précises.

TABLEAUX
AQUARELLES
PASTELS ET FUSAINS

PAR

**Allongé — Berton — Cagniart — Desvareux
V. Gilbert — Iwill — Karl-Robert
François Lafon — Mascart — R. V. Meunier
Georges Picard.**

— ∞∞∞ —

Mᵉ Léon **TUAL**, commissaire-priseur
56, rue de la Victoire, 56
assisté de
M. Georges MEUSNIER, expert près le Tribunal de la Seine
27 et 22, rue Saint-Augustin.

EXPOSITION PUBLIQUE

Le Lundi 27 Avril, de 1 h. 1/2 à 5 h. 1/2.

MACON, PROTAT FRÈRES, IMPRIMEURS.

VENTE du 28 Avril 1896

HOTEL DROUOT, SALLE N° 7

A 3 heures précises.

TABLEAUX

AQUARELLES

PASTELS ET FUSAINS

PAR

Allongé — Berton — Cagniart — Desvareux
V. Gilbert — Iwill — Karl-Robert
François Lafon — Mascart — R. V. Meunier
Georges Picard.

Mᵉ **Léon TUAL**, commissaire-priseur
56, rue de la Victoire, 56
assisté de
M. Georges MEUSNIER, expert près le Tribunal de la Seine
27 et 22, rue Saint-Augustin.

EXPOSITION PUBLIQUE

Le Lundi 27 Avril, de 1 h. 1/2 à 5 h. 1/2.

CONDITIONS DE LA VENTE

Elle sera faite au comptant.

Les acquéreurs paieront *cinq pour cent* en sus des enchères.

ALLONGÉ

AQUARELLES

1. — [1] Bords de la Mayenne.

2. — [2] Lisière du Bois à Bourron (novembre).

3. — [3] Village et plaine de Bourron (Seine-et-Marne).

4. — [4] Au bas de la Gorge aux Loups (Forêt de Fontainebleau).

5. — [5] Coin de la mare aux Fées.

6. — [6] Descente de la Gorge aux Loups.

BERTON (Émile)

7. — [1] Bords de Rivière.

Peinture.

8. — [2] Une Allée.

Fusain.

9. — [3] Laveuses au bord d'une rivière.

Fusain.

10. — [4] Au bord de la mer.

Peinture.

CAGNIART (E.)

11. — [1] Place de la Concorde ; coucher de
soleil.

Toile. — H. 0^m,70. L. 0^m,60.

12. — [2] La Seine à Rouen.

Toile. — H. 0^m,75. L. 0^m,60.

13. — [3] La Porte de Clichy.

Toile. — 0^m,61. L. 0^m,46.

14. — 4 Jour de Pluie.

Toile. — 0^m,46. L. 0^m,38.

15. — 5 Matinée d'été au parc Monceau.

Pastel. — Salon de 1894.

DESVAREUX (J.)

16. — 1 Dans la Bruyère ; moutons.

Toile. — H. 0^m,65. L. 0^m,54.

17. — 2 Vaches au bord d'une mare.

Toile. — H. 0^m,54. L. 0^m,82.

18. — 3 Au dormoir ; moutons.

Toile. — H. 0^m,73. L. 0^m,60.

19. — 4 Par l'orage ; moutons.

Toile. — H. 0^m,92. L. 0^m,73.

20. — 5 Le Matin dans la prairie ; vaches
et moutons.

Toile. — H. 0^m,63. L. 0^m,92.

21. — 6 Matinée de Brouillard.

Toile. — H. 0^m,65. L. 0^m,92.

22. — [7] Rentrée dans les prés.

> Toile. — H. 0^m,60. L. 0^m,92.

23. — [8] Au pâturage.

> Toile. — H. 0^m,61. L. 0^m,72.

GILBERT (Victor)

24. — [1] Étude d'intérieur.

> Peinture.

IWILL (M. J.)

PASTELS

25. — [1] Laitières de Morsalines (Manche).

> Vue. — H. 0^m,22. L. 0^m,16.
> Ext. du cadre. — H. 0^m,33. L. 0^m,27.

26. — [2] Matinée de septembre.

> Vue. — H. 0^m,58. L. 0^m,90.
> Ext. du cadre. — H. 0^m,72. L. 1^m,03.

27. — [3] Enterrement dans la dune.

> Vue. — H. 0^m,55. L. 0^m.75.
> Ext. du cadre. — 0^m,69. L. 0^m,90.

28. — [4] Venise la nuit.

> Vue. — H. 0^m,72. L. 0^m,50.
> Ext. du cadre. — H. 1^m,10. L. 0^m,95.

29. — ⁵ Paris sous la neige.

> Vue. — H. 0^m,48. L. 0^m,70.
> Ext. du cadre. — H. 0^m,65. L. 0^m,77.

30. — ⁶ Le Soir à Saint-Vaast-la-Hougue (Manche).

> Vue. — H. 0^m,37. L. 0^m,53.
> Ext. du cadre. — H. 0^m,63. L. 0^m,80.

31. — ⁷ Rêverie.

> Vue. — H. 0^m,40. L. 0^m,53.
> Ext. du cadre. — H. 0^m,52. L. 0^m,71.

32. — ⁸ Soir d'automne.

> Vue. — H. 0^m,45. L. 0^m,60.
> Ext. du cadre. — H. 0^m,64. L. 0^m,75.

33. — ⁹ Nuit grise.

> Vue. — H. 0^m,31. L. 0^m,47.
> Ext. du cadre. — H. 0^m,52. L. 0^m,67.

34. — ¹⁰ Dans la Hague (Manche).

> Vue. — H. 0^m,65. L. 0^m,92.
> Ext. du cadre. — H. 0^m,82. L. 1^m,02.

35. — ¹¹ Matinée d'octobre.

> Vue. — H. 0^m,47. L. 0^m,31.
> Ext. du cadre. — H. 0^m,67. L. 0^m,52.

36. — ¹² Octobre à Venise.

> Vue. — H. 0^m,49. L. 0^m,36.
> Ext. du cadre. — H. 0^m,80. L. 0^m,64.

37. — [13] La chute des feuilles.

> Vue. — H. 0^m,40. L. 0^m,29.
> Ext. du cadre. — H. 0^m,51. L. 0^m,40.

38. — [14] Le chemin du bois (Sèvres).

> Vue. — H. 0,^m,49. L. 0^m,36.
> Ext. du cadre. — H. 0^m,80. L. 0^m,66.

39. — [15] Harmonie du Soir (Morsaline, Manche).

> Vue. — H, 0^m,31. L. 0^m,47.
> Ext. du cadre. — H. 0^m,52, L. 0^m,67.

KARL ROBERT

FUSAINS

40. — [1] La Marne à Champigny.

41. — [2] Bords de la Seine à Sèvres.

42. — [3] Bords de la Loire (environs de Nantes).

43. — [4] L'Yonne sous Avallon.

44. — [5] Le Ruisseau près de Verneuil.

45. — [6] Le Loing à Montigny.

46 à 49. — [10] Quatre panneaux décoratifs ; motifs de la Marne à Créteil.

50. — [11] Une Rivière.

51. — [12] Au bois de Chaville.

LAFON (François)

52. — [1] Pandore.

Peinture à l'essence.

53. — [2] L'Été.

Peinture en grisaille.

54. — [3] Insouciance.

Toile. — H. 0^m,92. L. 0^m,65.

55. — [4] L'Étoile.

Peinture à l'essence.
Vue. — H. 0^m,96. L. 0^m,50.

56. — [5] Ève.

Panneau. — H. 0^m,58. L. 0^m,20.

57. — [6] Diane.

Toile. — H. 0^m.58. L. 0^m,44.

58. — [7] La Musique.

Toile. — H. 0^m,52. L. 0^m,30.

59. — [8] La Vestale.

> Toile. — H. 0^m,60. L. 0^m,50.

60. — [9] L'Amour allume sa torche au feu sacré.

> H. 0^m,40. — L. 0^m,23.

61. — [10] Étude de femme.

> Panneau. — H. 0^m,24. L. 0^m,18.

62. — [11] Amour endormi.

> Panneau. — H. 0^m,20. L. 0^m,24.

63. — [12] Souvenir de Venise.

> Panneau. — H. 0^m,25. L. 0^m,16.

MASCART

64. — [1] Les docks à Gand.

> Toile. — H. 0^m,92. L. 0^m,65.

65. — [2] Environs de Dinant (Belgique).

> Toile. — H. 0^m,92. L. 0^m,49.

66. — [3] Le Tréport, vue prise de mer.

> Toile. — H. 0^m, 65. L. 0^m,49.

67. — 4 Faubourg Ledeberg à Gand.

Toile. — H. 0ᵐ,60. L. 0ᵐ,50.

68. — 5 Le Bas-Meudon.

Toile. — H. 0ᵐ,46. L. 0ᵐ,32.

69. — 6 Environs de Nevers.

Toile. — H. 0ᵐ,41. L. 0ᵐ,33.

MEUNIER (René-Victor)

70. — 1 Le Brasset; vue de Crécy (Seine-
et-Marne).

71. — 2 La Vallée des Caves à Préfailles
(Loire-Inférieure).

PICARD (Georges)

AQUARELLES ORIGINALES AYANT SERVI
A L'ILLUSTRATION DE L'*ILIADE*

COLLECTION « PAPYRUS »

PARIS, 1895
L. BOREL, ÉDITEUR

~~~~~~~~

72. — [1] Hélène d'Argos fuyant avec Pâris.

Col. Papyrus, tome I, frontispice.

73. — [2] Minerve descend calmer la colère d'Achille.

Iliade, chant Ier, vers 97 et suivants. Col. Papyrus, *Iliade*, t. I, p. 12.

...S'arrêtant derrière le fils de Pélée, Minerve le saisit par sa chevelure blonde.

74. — [3] Sur l'ordre d'Agamemnon, Patrocle emmène Briséis.

Iliade, chant Ier, vers 248 et suivant. Col. Papyrus, t. I, p. 20.

...Il dit, Patrocle obéit à son cher ami, fit sortir Briséis et la donna...
~~~~~~~~

75. — [4] Ulysse chasse Thersite du camp
des Grecs.

> *Iliade*, chant II, vers 265 et suivants. Col.
> Papyrus, t. I, p. 51.
> ...Il dit et le frappa du sceptre d'or sur le
> dos et les épaules.

76. — [5] Priam, sur les murs de Troie,
demande à Hélène les noms
des guerriers grecs.

> *Iliade*, chant III, vers 177 et suivants. Col.
> Papyrus, t. I, p. 94.
> .. Priam appela Hélène : Enfant chérie,
> viens... nomme-moi cet homme prodi-
> gieux...

77. — [6] Vénus blessée par Diomède.

> *Iliade*, chant V, vers 334 et suivants. Col.
> Papyrus, t. I, p. 162.
> ...Il la blessa à la main. La lance pénétra
> la peau au-dessus de la paume divine à tra-
> vers le voile que les Grâces mêmes avaient
> tissé.

78. — 7 Hélène au palais de Troie.

Iliade, chant VI, vers 323 et suivants. Col. Papyrus, t. I, p. 212.

...Hélène d'Argos, au milieu des esclaves, commandait des travaux importants.

79. — 8 Combat d'Ajax et d'Hector.

Iliade, chant VII, vers 323 et suivants. Col. Papyrus, t. I, p. 240.

...Ajax, à son tour, leva une pierre plus lourde, et la lança si bien, qu'elle défonça le bouclier d'Hector.

80. — 9 Ajax combattant sous les murs de Troie.

Iliade, chant XII, vers 378 et suivants. Col. Papyrus, t. I, p. 426.

Ajax s'élançant frappa au bouclier.

81. — [10] Junon se rend près de Jupiter pour le fléchir.

> *Iliade*, vers 214 et suivants. Col. Papyrus, t. II, p. 486.
>
> Ainsi parée, elle sortit après avoir appelé Vénus loin des autres dieux...

82. — [11] Hébé.

> Hors texte. Col. Papyrus, t. II, p. 682.

83. — [12] Vénus.

> Aquarelle inédite.

MACON, PROTAT FRÈRES, IMPRIMEURS